C. CLAIRE MALLET

Un Squelette

mal dans sa peau

Éditions de la Paix

Nous remercions
le Conseil des Arts du Canada de l'aide accordée
à notre programme de publication.

Nous reconnaissons l'aide financière

du gouvernement du Canada par l'entremise du
Programme d'aide au développement de l'industrie de
l'édition (PADIÉ) pour nos activités d'édition.

C. CLAIRE MALLET

Un Squelette
mal dans sa peau

Illustrations Romi Caron

Collection *Dès 9 ans*, no 27

Éditions de la Paix

pour la beauté des mots et des différences

© 2002 Éditions de la Paix

Dépôt légal 3ᵉ trimestre 2002
Bibliothèque nationale du Québec
Bibliothèque nationale du Canada

Imprimé au Canada

Illustrations Romi Caron
Infographie Geneviève Bonneau
Révision Jacques Archambault

Éditions de la Paix
127, rue Lussier
Saint-Alphonse-de-Granby
Québec J0E 2A0
Téléphone et télécopieur **(450) 375-4765**
Courriel **info@editpaix.qc.ca**
Site WEB **http://www.editpaix.qc.ca**

Données de catalogage avant publication (Canada)

Mallet, C. Claire

   Un squelette mal dans sa peau

   (Dès 9 ans ; 27)
   Comprend un index.

   ISBN 2-922565-53-X

   I. Caron, Romi. II. Titre. III. Collection.

   PS8576.A533S68 2002   jC843'.6   C2002-940956-X
   PS9576.A5333S68 2002
   PZ23.M34Sq 2002

À Christian Rasquier

Guitariste de talent et homme de cœur
Avec ma profonde reconnaissance
Pour son soutien, son intégrité et sa ferveur
Lors des grands passages de l'existence.

Christine-Claire Mallet

ROMI CARON, illustratrice

Je suis née en République tchèque dans une famille où tout le monde dessinait. Ma mère enseignait l'art et avait l'habitude de faire des croquis de mon frère et de moi. Ces albums nous tiennent lieu maintenant d'album de photos.

Quant à mon père, architecte, il nous tenait toujours occupés à réparer le ciment, à labourer, à peindre, etc. Ma seule façon de m'en tirer était de m'affairer à dessiner dès que je rentrais de l'école.

À 14 ans, j'ai été admise à l'École des arts, et à 18 ans, à l'Université des Beaux-Arts de Prague où j'étais la plus jeune.

À 21 ans, j'ai rencontré un Canadien en Norvège... et depuis, je fais des illustrations pour la publicité, les livres et les magazines. Mais surtout... des croquis de nos trois fils, Samuel, Jonathan et Ian.

Première partie

1

Un cimetière sympathique

Le vieux cimetière de Provence était calme, la lavande courait entre les tombes, les cigales crépitaient dans la touffeur des pins. Là-bas, derrière la chapelle, près des orangers, une tombe fleurie d'aubépine... C'est là que dormait, depuis de longues, longues années, un drôle de petit squelette.

Au milieu de la nuit, il bâilla bien fort, s'étira avec méthode, os par os, se frotta les yeux pour chasser le sommeil. Autour de lui, dans son caveau, rien n'avait changé, mais quelle poussière ! C'est à peine s'il reconnaissait le miroir suspendu jadis par sa famille à l'un des murs. Il s'en approcha, souffla dessus, se regarda... *Oh ! Je suis tout gris*, s'écria-t-il !

Vite, il attrapa un chiffon et se mit à s'astiquer, s'astiquer ! Il y mit tant d'ardeur, que ses os rutilèrent bientôt de propreté. Un coup d'œil au miroir : *Ah ! là, c'est nettement mieux*, dit-il, et il fit claquer ses dents, signe, chez lui, d'une grande satisfaction.

Sa tombe balayée, blanchie, briquée, brossée, le squelette se prit la tête entre les mains et se mit à réfléchir. *Il y a 2350 ans que je languis dans ce tombeau à me raconter des histoires de squelette*, marmonna-t-il. *Ce n'est pas très sain. Si je sortais à l'air libre, voir un peu ce qui se passe là-haut. Comme les choses ont dû se transformer !... Et j'aimerais bien rencontrer des amis. À toujours rester seul dans le noir, je ne risque pas d'y arriver. Allez, de l'audace ! En route !*

Le squelette bondit sur ses pieds. Il se planta devant le miroir, s'assura que ses os étincelaient, claqua des dents avec ardeur, regarda une dernière fois sa vieille demeure et poussa la porte en pierre qui menait au grand air.

La lune était encore dans le cimetière, qui vagabondait. L'air sentait bon le thym et le romarin. Sur les petits cailloux blancs baignés de lune, le squelette avança pas à pas. Il y avait si longtemps qu'il n'avait pas marché, ses os étaient encore un peu rouillés. On les entendait qui cliquetaient dans le frôlement des étoiles : clic clic cliquetis, clic clic cliquetis. Devant une pierre tombale bleuie de lavande, il s'arrêta et frappa trois petits coups. Il attendit, approcha son visage, chuchota :

— Dis, veux-tu jouer avec moi ? Il fait si bon ici. Je vois la lune qui remonte se cacher dans le ciel, et le soleil, à l'horizon, pointe ses cheveux rouges.

Il colla son oreille, attentif. Un grognement lui parvint :

— Laisse-moi dormir. Les squelettes ont besoin de dormir.

Il se dirigea vers un autre caveau. Mais de tombe en tombe, la même réponse sans cesse lui revenait :

— Laisse-nous dormir, lui disait-on, un squelette, ça doit se reposer.

Voyant qu'il ne pourrait convaincre personne parmi les siens, il décida d'aller chez les Hommes.

Le soleil était maintenant un gros ballon rouge accroché au sommet du plus vieil if du cimetière. Le squelette marchait d'un pas allègre vers la porte de fer forgé qui séparait le cimetière du reste de la Provence. Il s'en approcha, secoua le bras en signe d'adieu avec, dans sa main, tout ce que son cœur contenait de tendresse pour ce lieu, et la tira sur lui. La porte tourna sur ses gonds avec un grincement amical. Il la salua et sortit, sans un regard en arrière.

2

Premiers chagrins d'un petit squelette

Tout d'abord il ne rencontra personne. *C'est étrange*, se dit-il, *où sont les hommes ?* Il marcha longtemps, empruntant les petites routes qui serpentent le long des collines. Alors qu'il peinait sur une montée assez raide, les os douloureux, le souffle court, il aperçut là-haut un âne qui descendait sans se presser. *Comme il est beau avec ses oreilles beiges et son pelage gris !* songea le squelette. *Peut-être cherche-t-il aussi un ami ?* Le cœur ragaillardi par cette heureuse idée, il grimpa sans effort le reste de la côte. Cependant, à peine l'âne l'eut-il remarqué, qu'il se mit à braire de toutes ses forces, fit volte-face et se sauva à toute vitesse.

Notre ami n'en croyait pas ses yeux. Il restait là, planté au sommet de la colline, les bras ballants, les yeux tristes et la bouche bée, incapable d'avancer ni de reculer, le cœur tout abattu. *Mais que s'est-il passé*, se demanda-t-il, *qu'est-ce qui lui a fait si peur ? A-t-il pensé que je lui voulais du mal ?*

C'est alors qu'apparut, près d'un village, de l'autre côté de la colline, un cheval fringant à la robe rousse. Le squelette, soudain remis de ses émotions, se mit à battre des mains. Oh ! Un nouvel ami ! *Cette fois je vais l'attendre ici sans bouger. Je ne veux pas l'effrayer.* Le cheval claquait du sabot sur le chemin, sa longue crinière enjouée dans le vent. Il n'était pas à dix mètres, qu'il partit soudain d'une terrible ruade, lançant dans les airs de furieux coups de pattes, hennissant à rendre sourd. Il s'enfuit lui aussi au grand galop.

— Attends ! lui cria le squelette, attends ! Je ne suis pas méchant. Pourquoi as-tu peur de moi ?

Mais le cheval était déjà loin.

Ainsi, quelles que soient les routes qu'il empruntait, cet habitant de cimetière semait la panique. À son approche, tout le monde détalait sans demander son reste. Il finit donc par s'arrêter. *Bon*, se dit-il, *pas question d'être triste, on va d'abord réfléchir.* Il s'assit au bord de la route, plongea sa tête dans ses mains et fit un gros effort pour rester de bonne humeur.

Comment se fait-il que tout le monde prenne peur en me voyant ? se demanda-t-il. Qu'ai-je donc de si repoussant ?... Peut-être le bruit de mes os quand je marche, et il secoua sa main. Clic clic cliquetis, clic clic cliquetis, firent les os. Oh ! mais vraiment, ce n'est pas si grave. Non, je dois avoir autre chose de plus affreux, de plus terrifiant, de plus... de plus... différent.

Oui, voilà la vraie raison !, s'écria-t-il en se dressant soudain sur ses pieds. La différence ! Les gens n'aiment pas ce qui est différent, ça leur fait peur. Alors ils se sauvent ! Comment n'y ai-je pas pensé plus tôt ! Si je veux être leur ami, je dois d'abord devenir comme eux.

Le squelette se planta tout droit les poings sur les hanches, devant la colline où était apparu le cheval roux. Il paraissait avoir reçu une révélation. C'est tout simple, dit-il soudain calmement, il suffit de trouver une peau. Il scruta un instant l'horizon. Dans ce village, là-bas, je suis certain d'en trouver une. Allons voir ! Et il repartit, clopin-clopant, au rythme de ses os brillants d'espoir.

3

Peau d'Âne

Derrière un vieux mur de pierres où se bronzaient quelques lézards, une enseigne se balançait en grinçant. Le squelette la regarda à tout hasard, il venait de faire le tour du village sans découvrir un seul marchand de peaux. Et là, miracle ! sur cette vieille enseigne à demi effacée par le temps, on déchiffrait encore *Peau d'Âne*. Le squelette sauta de joie, clic clic clic firent ses os, c'est peut-être là !

Il s'approcha d'une porte de bois vermoulue, entrouverte, glissa un œil à l'intérieur, merveille ! Des peaux partout, même au plafond. Il entra. Le magasin était minuscule, étroit et sombre, rempli de fourrures aux couleurs chaudes.

Un vieillard aux yeux plissés par de longues années de rire et d'observation, surgit de derrière une tenture. Il s'arrêta net devant l'allure inquiétante de son visiteur. Le squelette se hâta de lui lancer quelques mots d'apaisement :

— Soyez sans crainte, Monsieur le marchand, je m'en vais tout de suite. Simplement je vois dans votre magasin des centaines de peaux toutes plus belles les unes que les autres. Remarquez, ce ne sont là que des peaux d'animaux. Pauvres animaux !

Le squelette poussa un gros soupir que le marchand interrompit aussitôt :

— Ah ! pardon, ce ne sont pas des peaux d'animaux. Elles leur ressemblent, certes. Mais les hommes sont devenus raisonnables, figurez-vous. Ils ne chassent plus les bêtes pour leur pelage.

— Ah bon !, fit le squelette surpris, en voilà une bonne nouvelle !

Il réfléchit un instant, puis d'une voix embarrassée, risqua :

— Si vous vendez de fausses peaux d'animaux, peut-être vendez-vous aussi de fausses peaux…d'humains ?

— Des peaux d'humains ?, s'exclama le marchand, et pour quoi faire ? Vous n'imaginez tout de même pas que les animaux vont s'habiller en hommes ?

— Non, pas les animaux !

— Mais les hommes, mon pauvre ami, ont déjà tous la leur ! Que feraient-ils d'une deuxième ou d'une troisième peau ? Non non, ils en ont déjà bien assez d'une, croyez-moi.

— Sans doute, acquiesça le squelette. Oui, vous avez raison. Merci, Monsieur.

D'un air grave, il salua le vieil homme et sortit. À peine avait-il fait trois pas dans la ruelle que le marchand le rappelait :

— Dites, voir.

Le squelette s'approcha.

— Cette peau d'humain que vous cherchez, ce ne serait pas pour vous, par hasard ?

— Oh... euh..., bafouilla le petit osseux, fort ennuyé.

Sans lui laisser le temps de répondre, le vieillard ajouta, les yeux tout frisés de malice :

— Parce que vous en auriez bien besoin, si vous voulez mon avis. Oh, ne faites pas cette tête-là ! Écoutez, j'ai peut-être une adresse pour vous.

— Vraiment ?

Le squelette aussitôt claqua ses dents à toute vitesse.

— Bon, bon, calmez-vous, gronda le marchand, venez plutôt par ici.

Et il l'entraîna dans son arrière-boutique.

4

Des joues roses

Le squelette sortit du magasin à l'enseigne de *Peau d'Âne*, heureux et sautillant avec une feuille de papier à la main. Il gambadait dans les ruelles, reluquant tantôt son papier, tantôt l'adresse des maisons qu'il croisait. Numéro 2, numéro 2… *Que c'est palpitant*, se disait-il, *un peintre va me dessiner une peau ! Ensuite, je pars trouver le Sorcier de Venise. Lui seul peut la rendre vivante, paraît-il. Quel beau voyage en perspective ! Ah, nous y voilà !* Il s'arrêta devant le numéro 2, rue des Gens-Heureux.

Il colla son visage contre une vitrine merveilleuse, où des peintures multicolores racontaient aux passants de fabuleux mondes imaginaires. Cachant la lumière avec sa main, il découvrit tout l'atelier. Les pots de peinture jonchant le sol, le chevalet qui supportait la toile, et ce peintre, avec sa barbe noire mouchetée de couleurs, comme il maniait son pinceau avec art ! Il s'agitait, avançait soudain le nez sur son dessin, reculait aussitôt jusqu'au bout de la pièce, un œil ouvert l'autre fermé, le bras tendu dans l'espace, on aurait dit qu'il appréciait les distances. Puis il se jetait sur son tabouret et repartait dans son monde, pinceaux en main, des couleurs tout autour de lui.

Le squelette entra dans l'atelier. Il se déplaçait en silence, à pas feutrés, touchant à peine le sol du bout du pied, craignant de déranger avec ses cliquetis. Le peintre, concentré, n'avait pas dû l'entendre frapper. Le squelette s'immobilisa derrière l'artiste, observa par-dessus son épaule le tableau qui prenait forme.

— Comme c'est beau !, laissa-t-il échapper.

Le peintre se retourna en sursaut :

— Oh ! Tu m'as fait peur, toi ! D'ailleurs, qu'est-ce que tu fais-là ? Ne devrais-tu pas plutôt dormir dans un cimetière ? Les squelettes, ça dort d'habitude, non ?

— Oui, répondit le visiteur un rien penaud, mais j'avais envie de rencontrer des amis.

— Des amis ? Ah...

Le peintre se remit à son ouvrage.

— Et qu'attends-tu de moi ?

— Euh… une peau, prononça le squelette à mi-voix.

Le peintre ouvrit des yeux ronds de hibou.

— Une... quoi ?

— Une peau, répéta le squelette très sérieux. Tu comprends, c'est ennuyeux d'être aussi maigre. Et puis ça fait peur aux gens.

— C'est vrai que tu n'es pas bien gros, et puis personne n'aime les squelettes... Tu viens de chez *Peau d'Âne* ?

Le squelette hocha la tête, le peintre parut réfléchir.

— Bon, écoute, tu m'as l'air d'un brave petit, je veux bien faire quelque chose pour toi. Mais vite parce que j'ai du travail. Tiens, reste debout, là, et bien droit.

Notre ami était si heureux qu'il ne tenait plus en place. Ses dents claquaient les unes contres les autres avec des airs de fête. Le peintre eut toutes les peines du monde à le calmer. Il plaça sur son chevalet une nouvelle toile, blanche, immaculée, rapprocha son tabouret, saisit un pinceau et demanda :

— Tu la veux de quelle couleur ta peau ?

— Rose, répondit le squelette sans hésiter.

— Comment, rose ! Tu ne vas tout de même pas te balader dans la rue avec une peau rose ! Choisis une peau noire, jaune, blanche ou une rouge.

— Les quatre mélangées, répondit le petit osseux en haussant les épaules.

— Décidément, tu le fais exprès, s'écria le peintre sur le point de se fâcher carrément ; je refuse de te peindre une peau multicolore.

— Pourquoi ? Ce serait joli !

— Joli, joli, mais tu as des goûts d'outre-tombe, ma parole ! Si tu ne te décides pas, c'est moi qui choisis.

— Non, non ! Je sais !, s'écria le squelette, les os brillants.

Il se tut un instant, sembla se recueillir, puis dit au peintre d'une voix pénétrée :

— Je voudrais une peau qui ressemble à ma Provence, qui sente bon la lavande et le soleil, comme elle, qui prenne des teintes bleues le soir à la lune, et roses à l'aurore. Et puis je voudrais qu'elle soit claire comme une source qui coule entre des fleurs. Et surtout, murmura-t-il soudain en se balançant d'un pied sur l'autre, je voudrais qu'elle ait les joues roses.

— Et puis quoi encore !, éclata le peintre. Tu ne veux pas la terre entière pendant qu'on y est, et l'univers aussi par hasard ? J'ai du travail, figure-toi ! Alors maintenant, ça suffit. Laisse-moi faire.

Le peintre jaillit de son tabouret, s'accroupit au sol, et, parmi les myriades de couleurs qui l'entouraient, bondit sur l'une d'elle sans hésiter. Il brandit le pot vers le ciel, le contempla, silencieux, le sourire aux lèvres. Avec un clin d'œil complice au squelette, hop !, il sauta sur son siège, aussi agile qu'un chat. Le squelette ne bougeait plus, ne respirait plus, son être tout entier suspendu à la main habile du peintre. Dans un pot mystérieux, d'une belle couleur nacrée, blanche avec de légers reflets d'un rose très pâle, l'artiste plongea son pinceau le plus fin...

5

Une drôle de charrette

Sur une large route, sous un soleil brûlant, le squelette faisait du stop, sa peinture empaquetée sous le bras. Des voitures, des moutons, des calèches passaient, jamais personne ne s'arrêtait. Au contraire, il semblait que rendu à sa hauteur, on faisait des embardées affolées. On ruait, se bousculait, c'est tout juste si la vue du squelette ne provoquait pas des accidents.

Peu à peu, la route devint déserte. Sous le grand soleil, voilà que notre ami perdait courage. Il posa son paquet sur le bas-côté, s'assit dans l'herbe près de lui, baissa la tête et son cœur s'effondra. Personne ne comprenait qu'il était bon, personne ne l'aimait, tout le monde en avait peur. Il se mit à pleurer des larmes

de squelette. Tic tic tic tic, firent les larmes en tombant par terre. Il pleura et pleura, secoué de gros sanglots douloureux.

Un petit bruit lui fit soudain lever les yeux dans son chagrin. C'était un drôle de bonhomme avec une tête ronde comme un potiron (c'est une citrouille de Provence). Il tirait une charrette, à gentille allure, dans la chaleur. Il portait une casquette sur laquelle était cousu le mot TAXI. Le squelette regarda à travers ses larmes cet étrange attelage. Il s'attendait à le voir passer à toute vitesse comme les autres. Mais le bonhomme s'immobilisa devant lui, sur la route poussiéreuse.

— Bonjour, l'ami !, lui lança-t-il d'une bonne grosse voix un peu bourrue. On m'appelle monsieur Potiron. Ça n'a pas l'air d'aller très fort, dis-moi. Je peux t'emmener quelque part ?

Le squelette n'en croyait pas ses oreilles. Il attrapa son paquet et courut vers la charrette.

— Merci, merci, Monsieur Potiron, vous êtes bien aimable ! Je vais à Venise, pouvez-vous me déposer là-bas ?

— Avec plaisir. Allez, grimpe.

Au cours du long voyage jusqu'à Venise, les deux compères sympathisèrent si bien que le squelette finit par lui montrer sa belle peinture.

— Regarde, lui dit-il en déballant avec soin le paquet, regarde comme elle est belle !

Monsieur Potiron hocha sa grosse tête ronde avec un sourire amical.

— Ravissante, oui, vraiment ravissante. C'est toi qui l'as faite ?

— Oh non ! C'est un peintre, un artiste. Regarde comme elle ressemble à la Provence ! Et tu sais, il a passé beaucoup de temps pour lui donner ces belles joues roses.

— Mais ce n'est qu'une peinture, fit remarquer le charretier en souriant, toi, tu restes un squelette. Tu auras beau leur montrer ta peinture, les gens auront toujours aussi peur de toi.

Le squelette éclata de rire et fit bien fort claquer ses dents.

— Mais non, Monsieur Potiron ! Je ne leur montrerai pas la peinture. Hi ! Hi ! Hi ! Excuse-moi si je ris, hi ! hi !, je ne me moque pas, mais c'est si drôle ce que tu as dit. Hi ! Hi ! Hi ! Hi !

Et voilà notre ami tout joyeux, secoué de rires carillonnants, ses os étincelant et cliquetant de gaieté, ses dents claquant de joie les unes contre les autres. Il était si amusant à regarder que le bonhomme citrouille, lui aussi, se mit à rire de bon cœur. Le squelette finit par se calmer.

— Je t'explique, dit-il soudain sérieux. Ma peau n'est encore qu'une peinture, c'est vrai. Dans cet état, elle ne me sert pas à grand chose.

Il baissa la tête et murmura :

— Sauf à être heureux quand je la regarde.

Il sourit et poursuivit :

— Le marchand de *Peau d'Âne* connaît un moyen de la rendre vivante. Il dit qu'il existe sur cette planète une personne, et une seule, capable d'animer les peintures.

— Le Grand Sorcier de Venise, je suppose, intervint Monsieur Potiron d'un air grave.

— Comment le sais-tu ?, fit le squelette interloqué. Tu le connais ? Tu l'as déjà vu ?

— Je connais bien son travail. Ce serait trop long de t'expliquer pourquoi. Continue ton histoire.

— Avec cette peau, les gens ne s'enfuiront plus loin de moi, et je pourrai rencontrer des amis. Tu as l'air ennuyé tout à coup, Monsieur Potiron. Tu ne trouves pas ça merveilleux ?

L'homme, en effet, semblait soucieux. Il n'avait plus son bon sourire rassurant sur sa tête ronde et chaleureuse. Quelque chose le préoccupait dans les paroles de son compagnon.

Ils avancèrent un long moment en silence. Après une journée de voyage, ils étaient fatigués. Monsieur Potiron semblait toujours réfléchir et le squelette regardait le paysage défiler. *Pour atteindre Venise en une journée dans une si petite charrette*, se disait-il, *il faut que mon ami conducteur ait d'étranges pouvoirs...*

La Provence à présent se trouvait loin derrière eux. On approchait de Venise. Enfin, la ville sur l'eau se profila, magique, mouvante, presque irréelle dans le soleil couchant. Monsieur Potiron s'arrêta. Il se planta bien en face du squelette, puis d'une voix solennelle, prononça :

— Méfie-toi du Sorcier de Venise, mon ami. Ne le regarde jamais dans les yeux et surtout, n'accepte aucun objet de lui. C'est un conseil d'ami. Je ne peux pas t'en dire davantage, mais souviens-toi de mes paroles.

Le charretier conduisit le petit squelette sur l'appontement d'où il pourrait traverser pour rejoindre l'île Noire. Avant de le quitter, le conducteur lui rappela de n'accepter aucun objet du Sorcier, lui recommanda la prudence et l'assura de son amitié. Puis il lui fit un large sourire.

— Au revoir, petit squelette, porte-toi bien. Si un jour tu as besoin de quoi que ce soit, je serai sur la place des taxis en train de lire mon journal. Appelle-moi le soir avant de t'endormir. Tu me découvriras devant ta porte, plus vite que tu n'imagines.

Le squelette et monsieur Potiron se séparèrent avec les chaleureuses accolades du Sud. Le bonhomme citrouille tira sa charrette cahotante sur les pavés et se perdit bientôt dans le crépuscule.

6

Un avertissement inutile

Debout dans la nuit inquiétante, au bord des Marches-qui-tombent-dans-l'eau, le squelette regardait se dresser dans les ténèbres le pic de l'île Noire. C'était un imposant rocher qui s'élançait vers le ciel, avec, à son sommet, le château du Sorcier de Venise. D'après les dires qui circulaient en ville, ce pic traversait l'île de part en part, jusque dans les profondeurs de la terre. D'effrayantes légendes couraient sur son compte et rares étaient ceux qui osaient y poser les yeux. Quant au château, jamais personne n'avait pu l'apercevoir, tant le brouillard était dense à cette hauteur-là. On préférait détourner les yeux, remonter le col de son manteau et passer au plus vite.

Dans une ville aussi belle, aussi lumineuse et vive que Venise, comment une île ténébreuse, sauvage, avait-t-elle pu trouver sa place ? Personne ne se l'expliquait. D'ailleurs, si l'on cherchait cette île sur une carte géographique, elle demeurait introuvable. Étonnant, n'est-ce pas ? Sans doute encore un tour du Sorcier. Cette île portait bien son nom. Elle était en effet si noire, que même en plein jour, on distinguait à peine le sentier qui encerclait le pic en anneaux sombres.

Le squelette regardait tout cela et sentait l'humidité de la nuit l'envahir. Il serra la peinture sous son bras. Le souvenir de sa peau aux joues roses lui réchauffa le cœur. *Courage*, se dit-il le buste bien droit, *je ne vais pas trembler dès qu'il fait noir. Je suis presque au but, ce serait dommage de reculer maintenant. Allez, bientôt je serai comme tout le monde et mes sourires ne passeront plus pour de sinistres grimaces.* Il essaya de faire un peu claquer ses dents. Autour de lui, les pavés luisaient sous de rares réverbères.

Le clapotis de l'eau lui fit baisser les yeux. Il découvrit, en bas des Marches-qui-tombent-dans-l'eau, une barque grise à deux rames, attachée par une corde à un anneau de fer. Quelques gondoles berçaient non loin de là leur fin croissant d'ébène. Le squelette s'approcha de la barque et dénoua la corde. Celle-ci dans une main, sa peinture dans l'autre, il s'apprêtait à descendre les marches quand une voix derrière lui le fit sursauter :

— Eh ! toi, en blanc, que fais-tu ? Où vas-tu par là ? Personne ne doit descendre ces marches après le coucher du soleil !

De la ruelle, plus haut, un homme le hélait, vêtu d'un grand manteau et d'un chapeau qui lui cachait à demi le visage. Il semblait le fixer des yeux malgré l'obscurité. L'homme ne sembla pas remarquer qu'il s'adressait à un squelette.

— Je vais chez le Sorcier de Venise, Monsieur, répondit notre ami sur un ton poli et déterminé.

— C'est de l'inconscience !, décocha l'homme dans un cri étouffé.

Il baissa le ton et murmura entre ses dents d'une voix précipitée :

— N'y allez pas. Ils sont morts noyés dans le Tourbillon du Diable ou dépecés par les monstres de l'île, ceux qui s'y sont aventurés. Ils ne sont jamais revenus. Le Sorcier n'aime pas qu'on le dérange. Il n'admet aucune visite, sauf dans des conditions très particulières. Je vous aurai prévenu.

— Attendez, Monsieur, cria le squelette alarmé, quelles sont ces conditions particulières ?

— Être un sorcier ou un parent de la Mort, lança l'homme en s'éloignant.

Le squelette se retrouva seul. Sa main n'avait pas lâché la corde de la barque, mais elle tremblait maintenant. Un sorcier ? Il n'en était pas un. Un parent de la Mort ? Ma foi oui, il appartenait à la famille, puisqu'il était un squelette. Cela lui redonna espoir. Il résolut de tenter sa chance, envers et contre tout. Il descendit les Marches-qui-tombent-dans-l'eau malgré l'avertissement de l'homme au chapeau. L'eau de Venise le glaça comme une morsure.

Il posa son tableau devant lui et commença à ramer avec vigueur. À peine s'était-il éloigné du rivage que l'eau se déchaîna et sauta dans la barque. Le vent gémit, la barque grinça, le tonnerre gronda et se rapprocha. D'immenses éclairs tourmentés déchiraient le ciel noir. Une pluie brutale creva les nuages et s'abattit sur la barque. Le squelette protégea de son mieux son bagage en le cachant sous son banc. Il rama de plus belle.

Pourtant, comme si les forces du pic s'opposaient à sa venue, les courants sans cesse le repoussaient loin de l'île. Le squelette usa en vain son énergie contre d'énormes vagues hostiles. À la lueur d'un éclair, il aperçut soudain un tourbillon gigantesque à quelques mètres de lui. *Le Tourbillon du Diable !*, se dit-il avec effroi.

Oh ! mon Dieu, si je suis pris là-dedans, je suis perdu. Il avale tout ce qui l'approche. Vite, petite barque, aide-moi, vite ! Le squelette se mit à ramer, à ramer. Il lutta de toutes ses forces pour s'éloigner de cette eau furieuse. Il se battit contre le tourbillon qui l'aspirait lentement. Il s'arc-bouta dans la barque comme un forcené et rama sans faiblir. Mais peu à peu ses forces déclinèrent, la fatigue envahit ses bras et les rendit lourds, lourds, de plus en plus lourds...

Une dernière fois, le squelette s'arracha à la fatigue. Avec l'énergie du désespoir, il imprima à sa barque une autre direction. Il était presque sauvé, mais le tourbillon, furieux de le voir s'échapper, s'élargit soudain jusqu'à lui. Le squelette épuisé donna un dernier coup de rame, puis le tourbillon, lentement, satisfait de sa victoire sur la faible embarcation, l'aspira, l'avala. L'engloutit.

7

Le terrible pic de l'île Noire

Lorsque le squelette rouvrit les yeux, la pluie avait cessé, mais il faisait noir. Complètement noir. Il s'étonna un instant de se retrouver sur la terre ferme, et peu à peu, sa mésaventure lui revint en mémoire. Il se sentait faible, sans forces, tous ses os lui faisaient mal. *Le Tourbillon du Diable m'a épargné*, se dit-il, *pourquoi ?… Sûrement parce que je suis un parent de la Mort ! Et mon tableau, où est-il ?* Il tenta de se lever, mais ses jambes ne le portaient plus. Le vent froid lui fouettait le visage, et dans cette nuit sans lune, des voix stridentes hurlaient à la mort.

Seul sur l'île Noire du Sorcier de Venise, sans sa peau, le squelette se sentit perdu. Qu'était-il donc arrivé à son tableau ? Le tourbillon l'avait-il gardé ? Quel-

49

qu'un l'avait-il volé ? Une voix épouvantable éclata soudain près de lui :

— Tu cherches quelque chose ? Ha ! Ha ! Ha ! Cette horrible peinture, par exemple ? Ha ! Ha ! Ha ! Ha ! Ha !

Le squelette frémit de la tête aux pieds. Il ne distinguait pas la créature qui lui parlait, mais son rire était féroce, sa voix proche. Il sentit ses os se glacer de peur.

— Ha ! Ha ! Ha !, tonna la voix, regardez-moi cette affreuse bonne femme aux joues rouges ! Ha ! Ha ! Ha ! On dirait qu'elle a avalé des écrevisses ! Ha ! Ha ! Ha ! Ha !

— Rendez-moi mon tableau, gémit le squelette, de quel droit me l'avez-vous volé ?

— Ha ! Ha ! Ha ! Ha ! Ha ! Vous entendez ? Il veut récupérer son chiffon. Ha ! Ha ! Ha !

Puis des rires atroces fusèrent de toutes parts.

— Et il nous traite de voleurs ! Ha ! Ha ! Ha !

Les rires redoublèrent, terrifiants, de plus en plus proches.

Tout à coup, le squelette sursauta, on le frôlait. Une voix pire encore grinça ces mots :

— Qui es-tu pour nous traiter de voleurs, vulgaire tas d'os ! Regardez-le, il n'a même pas la peau sur les os. Ha ! Ha ! Ha !

— Et tu oses nous insulter ?, chuinta une voix éraillée dans son autre oreille, nous, les Grands Gardiens de l'île Noire ? Mais qu'allons-nous te faire pour la peine, hein ? Ha ! Ha ! Ha ! Ha !

Une avalanche de rires plus abominables les uns que les autres s'écroula sur la tête du squelette terrifié. Il tremblait de tous ses membres, quand soudain, de gluantes masses froides se mirent à le tirailler. Elles se firent menaçantes, allant même jusqu'à le tirer par les pieds et les mains en poussant des cris perçants. Ces monstres possédaient une force redoutable.

— Ha ! Ha ! Ha !, regardez-moi ce trouillard, il ne dit plus rien. Il n'a même pas le courage de nous répondre. Ha ! Ha ! Ha !

— Si, j'ai le courage !, hurla le squelette hors de lui, seulement vous ne me laissez jamais...

— Ha ! Ha ! Ha ! Ha ! Ha ! Ha !

Les rires couvrirent la fin de sa phrase en secousses diaboliques. L'île se mit à trembler. On aurait dit qu'elle aussi riait et se moquait. Les créatures ne le lâchaient plus. Elles devenaient brutales, méchantes. Le squelette sentit que ses os ne résisteraient pas longtemps à ce traitement.

— Laissez-moi !, cria-t-il soudain de toutes ses forces, je suis un PARENT DE LA MORT ! ! !

Un silence terrible tomba sur l'île, d'un bloc. Le squelette retint son souffle, tendit l'oreille, le cœur battant. Il essayait de distinguer dans le noir, les ombres fuyantes des monstres vaincus. Rien ne bougeait alentour. L'air semblait dur, immobile. On ne percevait plus aucun mouvement, aucune vie. Un silence absolu pesait sur lui comme une menace. Il posa la main au sol pour se relever, un bruit de papier froissé le fit sursauter. Il reconnut l'emballage de sa toile. Le squelette ramassa le tableau, le serra contre lui, soulagé. Il se remit debout tant bien que mal, et, tâtonnant, s'engagea sur le sentier abrupt qui menait au château du Sorcier de Venise.

8

Le Sorcier de Venise

Oh ! que je suis fatigué, se disait notre ami en gravissant la pente escarpée du pic de l'île Noire. *Ce chemin est si raide ! Et toutes ces pierres, on dirait qu'elles cherchent à me faire tomber. En plus il n'y a pas de rebord. Si je tombe, je m'écrase en bas. Décidément, cette île est détestable. Je n'y mettrai plus jamais les pieds. Et pourquoi la nuit est-elle si noire ? Enfin, Dieu merci, ma peau est là, avec moi, c'est le principal... J'arrête de me plaindre, ça ne sert à rien. Tiens ! Une lumière là-haut. Elle doit venir du château. Je vais la suivre sans la perdre des yeux. Allez, pressons le pas ! Hop ! Hop !*

Le squelette accéléra son rythme et fit même claquer ses dents. Il ne lâchait plus la lueur du regard. Dans le silence, on entendait ses os cliqueter comme un chant : clic clic cliquetis, clic clic cliquetis. Après un bon moment de marche, il s'arrêta stupéfait. Il avait beau monter, monter toujours, la lumière jamais ne se rapprochait. Le château lui demeurait inaccessible. *C'est impossible*, se dit-il, *non, c'est impossible. Je dois être si fatigué que ma vue baisse. Ce n'est qu'une impression, voilà tout. Il faut continuer. Courage !*

Cependant, à chaque détour de rocher, la lumière persistait dans sa lointaine immobilité. L'épuisement, le découragement ralentirent peu à peu son pas. Le squelette finit par tomber assis sur une pierre plate, sa toile près de lui. Complètement éreinté, triste, désemparé, de grosses larmes de squelette roulèrent sur ses joues. *C'est trop injuste*, murmurait-il entre deux sanglots, *ce Sorcier n'a vraiment pas de cœur.*

Au même instant, un grincement asthmatique parut vouloir infirmer ses paroles. Il se retourna lentement. Derrière lui, une antique porte de bois s'entrouvrait par à-coups, laissant filtrer une vague lueur jaune. Le château ! Le squelette se remit sur ses pieds, son tableau sous le bras, puis d'un pas mal assuré, se dirigea vers la lumière. Une voix métallique, surgie on ne sait d'où, résonna d'un bout à l'autre de l'île. Elle vibrait, sarcastique, malveillante, bien que ses mots fussent engageants :

— Entre, cher petit, je t'attendais.

Le squelette en eut la chair de poule. Il n'osait plus avancer. *Qui est-ce, encore ?,* se demanda-t-il.

— Je suis le Sorcier de Venise, répondit la voix. C'est bien moi que tu cherches, n'est-ce pas ?

— Il lit dans mes pensées, se dit le squelette affolé.

— J'entends tout, je vois tout, même ce qui est invisible pour toi, et à quelque distance que ce soit. Mais entre donc, il ne fait pas bon discuter dehors.

Le squelette s'avança. Ses genoux s'entrechoquaient avec des bruits de cailloux. *Avec la voix qu'il a,* se dit-il, *il va me*

faire une peau toute fripée. Il franchit le seuil. La vieille porte, trop lourde, toussa sur ses gonds, crachota quelques grincements et se referma enfin dans un ébranlement sourd. Le squelette se tint immobile, attentif, aux aguets. Le silence se mit à peser de tout son poids sur ses maigres épaules. On entendit craquer ses os et les échos rebondir contre les murs indistincts.

La salle semblait grande, bien qu'on en distinguât assez mal les contours à la lueur rougeoyante de quatre torches suspendues. De mouvantes ombres fantomatiques rampaient sur les dalles froides, dansaient sur les parois et paraissaient projeter les pierres apparentes sous les feux vacillants des torches. Le plafond demeurait plongé dans l'obscurité. Au centre de la pièce, sur une longue table de marbre sombre, un grand plateau d'or recueillait à lui seul la lumière du lieu.

— Approche-toi de la table, ordonna soudain la voix redoutable.

Le ton était si impératif que le squelette n'osa pas désobéir.

— Maintenant, ouvre ton paquet et pose ta toile sur le plateau.

Le squelette s'exécuta sans retard. À peine avait-il lâché sa peinture que dans une flamme immense, elle disparut sans laisser de trace. Notre ami recula d'un pas, et se mit à hurler :

— Vous avez détruit ma peau ! !

Il revint d'un pas prudent vers la table, se hissa sur la pointe des pieds et regarda le plateau. Au lieu de la toile se trouvait une paire de chaussettes bleues, tissées dans une soie d'une finesse infinie, avec des lisières d'or d'une incomparable beauté. Le squelette, stupéfait, se révolta carrément :

— Ce n'est pas ma peau !, ce sont des chaussettes ! Qu'est-ce qu'un squelette sans peau peut faire d'une paire de chaussettes ? C'est ridicule. Vous vous moquez de moi !

La voix sonore et omniprésente se fit entendre, onctueuse comme le miel :

— Ce présent est pour toi. Prends-le, il précède l'apparition de ta peau.

Le squelette tendit la main vers la table, et aussitôt se ravisa. Les conseils de Monsieur Potiron lui revenaient en mémoire : « N'accepte aucun objet du Sorcier, avait-il dit, c'est un conseil d'ami ».

— Que se passe-t-il ?, s'enquit alors la voix presque obséquieuse. Mon cadeau te déplairait-il ? Cherches-tu à m'outrager ? Sais-tu ce qu'il en coûte d'offenser le Sorcier de Venise ? D'ailleurs ton ami Potiron est bien imprudent de t'avoir si mal conseillé. Je m'en vais lui jeter un sort qui lui apprendra la discrétion.

— Non !, s'écria le squelette indigné, comment osez-vous ?

On sentit, au tressaillement du silence, que le Sorcier n'appréciait guère cette remarque. Il garda cependant son calme :

— Cela dépend de toi. Accepte ce présent, il ne lui arrivera rien.

— C'est mal de faire du chantage, murmura le squelette.

— Je commence à perdre patience !, tonna la voix terrifiante.

Les flammes des torches vacillèrent, menacèrent de s'éteindre.

— Si tu n'es pas capable de comprendre que je t'accorde là une faveur immense, tu peux repartir. Ton peintre a négligé un détail sur ce tableau, un détail d'une importance capitale. Je ne puis t'en révéler la nature, mais sache, dit le Sorcier qui s'échauffait de plus en plus, que si ta peau ne porte pas ces chaussettes, elle tombera gravement malade et ne s'en remettra jamais. À présent, décide de son sort.

Un silence étourdissant tomba sur les dalles froides. Le squelette ne savait que faire. Sa vue se troubla, ses sens se dissipèrent en une brume spongieuse, il lui sembla soudain qu'il flottait. Il sentit sa main se tendre vers la table sans bien savoir s'il rêvait ou non. Il tenta de lui résister, mais déjà elle ne lui obéissait plus. *De toute façon, c'est mieux ainsi*, pensa-t-il en pleine confusion, *au moins ma peau ne tombera pas malade*. Il crut entendre la voix du Sorcier, lointaine :

— N'oublie pas, il lui arriverait malheur si elle venait à les enlever, surtout entre l'aube et le premier rayon du soleil.

— Mais où est-elle ?, cria le squelette dans un dernier sursaut de lucidité.

Et tout s'évanouit comme par enchantement, les ombres, le château, l'île, les voix. Le squelette sombra dans un profond sommeil.

Deuxième partie

9

La rencontre

Le squelette dormait au milieu des fleurs dans un champ de boutons d'or. Au loin sonnaient les clochers rieurs de Venise. *Où suis-je ?*, se demanda-t-il à son réveil, *où est ma peau ?* Il inspecta les environs. La nature lui souriait, paisible, rêveuse. Le vent jouait dans les herbes, la lumière du soleil ruisselait sur les fleurs et les arbres. Les oiseaux, deux par deux, dans les airs, semblaient de légers trapézistes. Le squelette fit claquer ses dents.

À cet instant, une voix claire comme une rivière s'éleva dans l'air printanier. Notre ami ouvrit toutes grandes ses oreilles de squelette. À quelques mètres de là, sur un petit monticule vert et fleuri, la jolie peau aux joues roses chantait. Un prunier penchait sur elle ses fleurs pour la remer-

cier ou la mieux écouter. La peau ressemblait trait pour trait à l'image du tableau. La même chevelure aux boucles chatoyantes, les mêmes yeux pétillants d'intelligence et de joie, la même bouche souriante et douce, les mêmes joues rose pâle.

Le squelette se réfugia vite derrière un arbre. Son cœur battait à tout rompre. *C'est elle*, pensa-t-il, *qu'elle est belle !* Il se mit à astiquer ses os de haut en bas jusqu'à ce qu'ils brillent comme des soleils. Il risqua alors un œil derrière l'arbre. *Oh non ! j'ai trop peur*, murmura-t-il, replaçant aussitôt sa tête contre le tronc. Il attendit un peu, puis d'un air résolu, sortit un pied, puis la tête, puis les épaules, puis l'autre pied, et osa enfin son premier pas vers sa peau. Ainsi, le cœur battant, il se dirigea vers elle, trébuchant sur son émotion, retenant tant bien que mal le cliquetis de ses os.

À quelques pas d'elle, il s'arrêta. La ravissante chanteuse avait les yeux clos, le sourire aux lèvres et chantonnait toujours. Le squelette joignit ses mains, et le chant, marié à celui des oiseaux, l'envahit comme une vague de paix. Le temps s'était suspendu dans les arbres pour écouter, lui aussi. Enfin, la peau ouvrit les yeux. Son visage s'illumina d'un merveilleux sourire. Notre ami en fut tout ébloui. Ils se regardèrent ainsi, sans parler, heureux de faire connaissance, de laisser le temps à leur âme de s'approcher, de se frôler, de se reconnaître en silence. Lorsqu'ils se sentirent un peu apprivoisés, la peau lui dit :

— Bonjour, je m'appelle Charmille. Tu es bien joli, qui es-tu ?

— Bonjour, je suis…euh…ton squelette, je suis ton ami. Hum… Tu sais, je dois te donner quelque chose d'important pour toi. Tiens.

Il lui tendit les deux chaussettes bleues. Aussitôt, le sourire de Charmille disparut. Elle connaissait le sortilège des chaussettes. *Hélas ! petit squelette*, pensa-t-elle, *le Sorcier de Venise t'a tendu un piège et tu n'as pas su l'éviter. Ces chaussettes sont ensorcelées.* Le squelette, confus de la voir si triste, ne sut que faire de son cadeau. Il crut la rassurer en lui disant :

— Le Sorcier m'a parlé de ton secret, Charmille, mais justement, ces chaussettes sont là pour te sauver. Ne crains rien, je veillerai à ce qu'elles couvrent toujours tes pieds. Dorénavant, aucune maladie ne viendra plus t'inquiéter. Et puis je suis avec toi maintenant.

La peau fit oui de la tête, car elle ne devait rien révéler à ce sujet. Le Sorcier de Venise l'avait mise en garde, le squelette est le seul qui puisse casser le sortilège. Il avait ajouté : « Avec ce que je lui ai fait croire, il ne risque pas d'y arriver. Ha ! Ha ! Ha !, misérable tas d'os. Oh ! comme je déteste la Mort ! Et comme je suis content de lui jouer ce mauvais tour, moi qui ne peux rien contre elle. Moi, le sorcier le plus puissant de cette planète. Oh ! comme je la déteste ! Tu es pour moi l'instrument idéal pour me venger d'elle. Mais justement, Charmille, si jamais tu en informes ton squelette de malheur, je te détruirai à l'instant même. » Aussi la peau préféra-t-elle se taire. Elle tendit donc à regret ses pieds fins aux chaussettes ensorcelées.

— Maintenant tu es protégée, s'écria le squelette en toute bonne foi, plus rien ne peut t'arriver.

La peau domina son chagrin et trouva la force de sourire à nouveau.

— Viens, Charmille, dit le squelette tout content de la voir en joie, allons nous promener parmi les fleurs.

Ils se donnèrent la main, échangèrent un regard complice et se mirent à courir dans le pré en riant aux éclats. Charmille décida de ne plus penser à tout cela. On verrait bien. Ils s'arrêtèrent enfin, hors d'haleine, se laissèrent tomber dans l'herbe tendre et reprirent peu à peu leur souffle. Un écureuil roux, transportant sur le panache de sa queue enroulée un papillon couleur d'été, passa, tranquille, devant eux. Il se perdit bientôt dans les feuillages. Charmille se tourna alors vers son compagnon, le rire aux yeux :

— Tu en fais du bruit quand tu cours !

— Du bruit ?, s'écria le squelette, je ne fais pas de bruit, je cliquette, c'est tout à fait différent.

— Oh oh !, fit Charmille en riant de plus belle, tu cliquettes ! C'est vrai, du reste, tes os font clic clic cliquetis, clic clic cliquetis. Eh bien, si tu veux, je t'appellerai Cliquetos !

— Cliquetos, répéta le squelette, oh oui !, ça me plaît beaucoup.

— Cliquetos, Cliquetos, Cliquetos !, chantonna la peau sur des tons différents.

Les deux amis rirent de bon cœur.

Cependant, le soleil dardait ses brûlantes œillades sur le pays. Charmille et Cliquetos se réfugièrent sous un vieil arbre tordu par les ans et les pluies, au feuillage dense, tout bruissant de vent et du chuchotement des anges. Aussitôt installés à califourchon sur une branche, la peau demanda :

— Dis, Cliquetos, où habites-tu ?

— Viens !, s'écria-t-il, je t'emmène en Provence. C'est chez moi. On va voir mon ami taxi, un bonhomme drôlement sympa et rond comme un potiron. Il nous conduira. Tu veux ?

Pour toute réponse, Charmille éclata de rire, le squelette fit très fort claquer ses dents et briller ses os. Il prit sa peau par la main et l'entraîna avec lui dans les bois, à la recherche de Monsieur Potiron.

10

Une borie de Provence

Les deux amis trouvèrent monsieur Potiron sur la place des Taxis, plongé dans la lecture de son journal préféré, *Les Joies du potager*. Le squelette lui présenta sa peau. Le charretier s'étonna de les voir l'un à côté de l'autre, mais il n'en dit rien. En revanche, il parut enchanté du nouveau nom de son ami. Ils quittèrent Venise tous les trois, monsieur Potiron, Charmille et Cliquetos, serrés dans la petite carriole cahotante.

Au milieu du trajet, le squelette voulut se dégourdir les jambes. Il descendit, écarta les bras pour respirer à son aise le bon air frais, et partit cliqueter quelques pas dans le champ de bleuets en bordure de la route. On ne vit bientôt plus de lui qu'un léger pantin ajouré de blanc, qui semblait danser sur un lac ensoleillé de fleurs bleues. Charmille sourit au taxi, et s'écria soudain, en lui tendant ses pieds :

— Regarde, Monsieur Potiron.

— Les chaussettes ensorcelées, répondit le taxi d'un air grave.

Il réfléchit un instant, pencha vers elle sa grosse tête bienveillante et lui dit :

— Le Sorcier de Venise est d'une adresse remarquable. Cliquetos ne pouvait pas échapper à son piège.

— Mais alors, pourquoi ne l'as-tu pas empêché d'y aller ?

— Sa décision était déjà prise, Charmille. Je n'aurais fait que semer le doute en lui. Et au lieu de son courage qui l'a aidé à aller jusqu'au bout de sa décision, il aurait eu la peur pour compagne. Dans ce genre d'entreprises, lorsqu'on s'engage, mieux vaut ne pas renoncer. D'ailleurs Cliquetos avait réellement besoin d'une peau, il serait parti malgré tout.

— Mais avec tes pouvoirs magiques, tu pouvais l'arrêter !

— Voyons, Charmille, questionna le bonhomme citrouille avec douceur, depuis quand utilise-t-on ses pouvoirs pour priver quelqu'un de sa liberté ? Aujourd'hui, ce sortilège, c'est sa lutte. Chaque problème contient en lui-même sa solution, les chaussettes, comme le reste. Bien que le Sorcier ait passé des heures dans son laboratoire à parfaire le sort pour le rendre indestructible, Cliquetos est capable de le briser. Il est parent de la Mort, le sorcier ne peut rien contre la Mort. Cliquetos peut tout annuler à condition qu'il t'enlève les chaussettes entre l'aube et le premier rayon du soleil. Ceci est la clef. Mais attention, Charmille, si jamais tu la lui donnes, c'est fini, tu meurs. Le Sorcier t'a mise en garde, je suppose

La peau secoua la tête, les yeux tristes.

— Je sais bien, soupira le charretier, ce Sorcier est un rusé, il a persuadé le squelette du contraire. Tiens, voilà Cliquetos qui revient, là-bas !

— Vite, Monsieur Potiron, dis-moi juste une chose, pria Charmille à la hâte, en quoi consiste ce sortilège ?

Mais le taxi n'eut pas le temps de s'expliquer, le squelette arrivait, un bouquet de campanules à la main, les os chantant dans le soleil, clic clic cliquetis, clic clic cliquetis.

— C'est pour toi, Charmille, dit-il en lui tendant le bouquet avec des dents qui claquaient fort comme des carillons.

— Merci, Cliquetos ! Elles sont belles. On dirait des papillons qui dansent.

Charmille lui fit un grand sourire et la charrette reprit sa route.

Après un voyage agrémenté de rires et de bonne humeur, on fit halte en Provence à la tombée du jour, en contrebas d'un petit village perché.

— Je vous dépose ici, leur dit le taxi, je dois retourner en Italie. N'hésitez pas à m'appeler si vous avez besoin de moi. Je vous recommande, pour passer la nuit, ces bories de Provence, ces minuscules abris de berger, en pierre, cachées dans les collines. Vous y serez bien. Bonne nuit, mes amis.

— Bonne route, Monsieur Potiron, et merci !

Peu de temps après, le squelette et sa peau grimpaient entre les pins, accompagnés de quelques grillons qui grésillaient encore, çà et là, dans la nuit. Ils se trouvèrent bientôt en face d'une borie. Les pierres étaient tièdes de la chaleur du jour, mais on voyait, à l'air ahuri des araignées, que le refuge n'avait pas été visité depuis des années. À l'intérieur, on ne découvrait que quelques grosses pierres disposées en foyer, pour faire du feu. Les deux comparses ramassèrent de l'herbe aux alentours de la cabane, la déposèrent sur la terre à l'intérieur, en guise de lit. Puis ils sortirent regarder briller les étoiles. Ils auraient pu les admirer des heures, tant elles étaient belles. Et la nuit sentait si bon la Provence ! Plus tard, un hibou, quelque part dans la nuit, leur rappela l'heure de dormir. Ils entrèrent dans la borie, les yeux encore pleins de rêves et d'étoiles filantes. Ils s'allongèrent l'un près de l'autre, le sourire au cœur.

— Bonne nuit, Cliquetos.

— Bonne nuit, Charmille.

11

La visite d'un Vénitien

Le soleil se levait sur la Provence, magnifique et généreux dans ses houles d'or. Il se faufila à travers les pierres de la *borie*, se posa sur les cheveux de Charmille et l'éveilla. Cliquetos dormait toujours. Sans bruit elle remonta ses chaussettes bleues, se leva et sortit.

— Bonjour, Soleil. Bonjour, Nature, leur dit-elle en tendant les bras vers eux. Comme vous êtes beaux, comme je vous aime ! Je voudrais que mon cœur devienne aussi rayonnant que vous.

Charmille se mit à danser autour d'un arbre en chantant. Cependant, un vieillard courbé sous le poids des années, venait d'apparaître sur le sentier. Vêtu à la façon des malheureux de ce monde, d'une grande houppelande à moitié déchirée, il peinait, voûté sur sa canne, traînant un fardeau derrière lui. Charmille courut au-devant de lui et demanda en souriant :

— Puis-je vous aider à porter votre sac, Monsieur ? Il a l'air bien lourd et vous semblez fatigué.

Le vieillard la toisa d'un air sévère :

— Je n'ai d'aide à recevoir de personne.

Puis baissant la voix de manière à n'être entendu que d'elle, il ajouta sans ménagement :

— Et surtout, pas d'une vulgaire peau ensorcelée.

Le vieillard ricana.

— Avec ce sortilège aux pieds, c'est plutôt toi qui as besoin d'aide, héhéhé !… Il suffira que le mot « mort » soit prononcé devant toi, et tu deviendras invisible, hahaha ! la bonne invention. Quel homme brillant, ce sorcier tout de même ! Avec le mot « vie », tu réapparaîtras. Ingénieux, non ? Héhéhé ! voilà qui a de quoi agacer sa rivale, la Mort ! Alors n'essaie pas d'échapper au Sorcier de Venise. Il voit tout, il entend tout, que tu sois en Provence ou ailleurs. Rappelle-toi, il te surveille jour et nuit. Un mot de trop à ton squelette de malheur, et tu es perdue. C'est bien compris ?, cria-t-il soudain.

Puis il lança un mauvais rire et passa son chemin. Charmille reçut ces paroles comme un choc en pleine poitrine. Cliquetos accourut, encore tout ensommeillé :

— Qu'y a-t-il, Charmille ? Pourquoi cet homme a-t-il crié ?

La peau sembla revenir à elle et murmura d'une voix faible :

— Je ne peux pas t'expliquer, je ne peux rien te dire, Cliquetos, il ne faut pas me le demander.

Elle fondit en larmes. Cliquetos ne comprenait rien à tout cela. Il prit la peau dans ses bras et la consola de son mieux.

— N'aie pas peur, Charmille, je ne te poserai pas de question. Tout le monde a le droit d'avoir ses secrets. Je comprends cela. Je t'aiderai de mon mieux. Si un jour tu veux me parler, je serai là.

Cliquetos avait appuyé sa tête contre la sienne.

— Regarde, Charmille, regarde comme le soleil brille ! Tu vois, il te donne sa chaleur pour te protéger.

Ils regardèrent le ciel ensemble. Cliquetos caressa doucement les cheveux de sa peau. Peu à peu, elle se détendit et s'apaisa. Le cœur plein de soleil et de reconnaissance, elle ferma les yeux, appuya son visage sur l'épaule du petit squelette et ne bougea plus.

— Merci, dit-elle simplement.

12

Une idée de squelette

Les jours qui suivirent, Cliquetos fit visiter la Provence à Charmille. Il lui montra son beau cimetière sous la lune, les levers de soleil sur les champs de lavande, les lucioles qui clignotent dans la nuit parfumée, les grenouilles qui chantent, les villages perchés sur les collines. Ils prirent ensemble le Train des Pignes... Et Charmille, ravie, se laissait enchanter par toutes les merveilles qu'elle découvrait.

— Ta Provence me rappelle un souvenir, lui dit-elle. Je ne la connais pas, et pourtant elle coule dans mes veines.

— Mais oui, tu as été peinte avec la Provence !, répondit Cliquetos tout heureux. Regarde, la lune pâle est sur ta peau, l'aube douce et rose sur tes joues, le parfum du romarin dans tes cheveux, la lavande est dans ton cœur avec l'olivier, et les lucioles brillent dans tes yeux.

Tout se passa bien pour nos deux amis, jusqu'au jour où Charmille devint la proie de terribles cauchemars. Elle se réveillait en sueur, le cœur battant à se rompre. Il fallait longtemps à Cliquetos pour venir à bout de sa peur. Il l'emmenait dans la clairière où la source coule, pure et fraîche, il lui baignait le visage, les mains, comme pour faire disparaître ce mauvais souvenir. Puis il lui racontait des histoires merveilleuses. Il ne la questionnait jamais.

Pourtant, Charmille aurait aimé lui parler du Sorcier de Venise et de ses monstres qui empoisonnaient son sommeil. Ils la menaçaient, la poursuivaient, jusqu'à ce qu'elle finisse par révéler toute la vérité à Cliquetos. Alors, aussitôt, le Sorcier la détruisait. Elle se trouvait séparée de lui pour toujours. Elle le voyait chez les hommes, là-bas, seul dans la vie, inconsolable. Cela lui brisait le cœur. Elle se réveillait en sursaut et se jetait à son cou en pleurant.

Une nuit que Charmille avait encore subi la menace du Sorcier, Cliquetos eut une idée.

— Si nous allions à l'école ?, lui dit-il, nous rencontrerions des camarades et nous pourrions apprendre un tas de belles choses. Cela te changerait les idées ! Qu'en penses-tu ?

Charmille regarda ses chaussettes bleues finement brodées d'or. Bien sûr, elle aimerait aller à l'école avec Cliquetos, mais se risquer dans un endroit public avec ce sortilège aux pieds !... Il suffirait qu'il se déclenche tout à coup, là, devant les élèves, et alors, quelle catastrophe ! *Je ne peux pas lui mentir*, se dit la peau. *Je ne peux pas non plus lui expliquer, sinon... Alors, que faire ?*

— Cliquetos, répondit-elle d'une voix douce, pour aller à l'école avec toi, il faut que je sois habillée.

— Mais pourquoi ? Tu es très jolie comme ça. Moi non plus, je n'ai pas d'habits.

— Écoute, interrompit la peau gentiment, est-ce que tu te rappelles comme les gens ont eu peur de toi quand ils t'ont vu en squelette ? Eh bien moi ! c'est pareil. Si je reste vêtue de mes seules chaussettes, ils ne voudront pas m'accepter. Eux, tu vois, ils portent toujours des habits.

— Bon, nous te trouverons des habits, résolut le squelette.

— Seulement, si tu y vas, toi, les gens seront terrifiés, et si c'est moi, ils se moqueront, ils seront choqués.

— C'est bien ennuyeux, soupira Cliquetos en se grattant la tête, avec un bruit de noix de coco.

— Bon, j'y vais, finit-il par déclarer. Je trouverai bien un déguisement pour passer inaperçu. À tout à l'heure, Charmille.

Cliquetos partit gaiement à travers la pinède, sautillant comme un petit pantin. On entendait ses os qui chantaient, clic clic cliquetis, clic clic cliquetis !

À peine eut-il disparu derrière les arbres, qu'il s'écria :

— Charmille ! Viens vite voir ! Charmille !

Charmille accourut et trouva Cliquetos agenouillé devant un grand sac rempli de vêtements. Ils étaient tous plus beaux les uns que les autres, bleus et brodés comme les chaussettes, et tous de la taille de Charmille.

— Le fardeau du vieillard, s'exclama la peau en reconnaissant le sac. Elle recula avec horreur.

— Mais non ! Regarde ! On dirait qu'ils ont été déposés là exprès pour toi.

— Justement, je n'en veux pas. Je ne veux pas les mettre, s'écria-t-elle, avec dégoût.

Le squelette prit l'attitude de sa peau pour un caprice étonnant. Il s'assit près du sac et se tut. Charmille regretta ses paroles.

— Cliquetos, j'ai dit ça sans réfléchir. Regarde, je les mets, tu vois, ils sont juste à ma taille. On pourra aller à l'école ensemble.

— Oh que tu es belle comme ça ! On dirait une campanule.

Les deux amis se sourirent et empruntèrent, main dans la main, le chemin de l'école.

13

Premiers jours d'école

Un peu avant de sortir du bois, à la lisière où les buissons sont encore denses, Cliquetos se rappela soudain qu'il était un squelette et qu'il ne pouvait décidément pas se présenter à l'école dans cette tenue. Il tira donc Charmille par la manche. Il ralentit le pas et s'arrêta tout à fait sous le feuillage argenté d'un gros olivier. La peau s'arrêta aussi. Le squelette se mit alors à se balancer d'un pied sur l'autre, le regard au sol, l'air préoccupé. Charmille s'approcha de lui, posa une main sur son épaule.

— N'aie pas peur, Cliquetos.

Elle prit la main du petit squelette dans la sienne, le regarda avec des yeux limpides comme des rivières et murmura :

— Je vais te recouvrir tout entier, comme l'océan recouvre la terre et comme l'air recouvre l'océan. Alors les gens ne s'enfuiront plus, nous serons devenus comme eux, un seul.

Cliquetos claqua des dents sans faire de bruit. Dans son cœur semblait bruire une cascade de bonheur. La peau paisiblement couvrit le squelette, et nos amis ne firent plus qu'un aux yeux du monde.

Comme ils arrivaient à proximité du village, Charmille et Cliquetos pénétrèrent dans la cour de l'école, sous l'apparence d'une petite fille vêtue de bleu, son cartable à la main. Ils ne furent pas longs à se faire des amis. Tous les enfants aimaient cette enfant si douce, avec ses fraîches joues roses, ses grands yeux joyeux et francs, pleins de rires.

Les premiers jours se passèrent fort bien. Cliquetos ne se montrait pas. Souvent il aidait Charmille à répondre aux questions de l'enseignante en lui soufflant les solutions à des problèmes. Il la guidait.

Quand il sentait qu'elle allait se mettre en colère, il la conseillait, l'apaisait. Charmille avait été placée à côté de Gisèle, une brunette silencieuse qui ne sortait de son mutisme que pour poser à l'enseignante des questions déplacées ou sans aucun rapport avec la leçon. Les enfants se moquaient d'elle, et Charmille, pour cette raison, lui témoignait son amitié.

La vie à l'école, joyeuse et simple, avait bien vite permis à Charmille de se détendre ; oubliés les cauchemars, le Sorcier, le Vieillard ! On jouait aux billes à la récré, à la marelle, à l'élastique, on s'amusait à faire du théâtre, et en classe, on s'appliquait sur son cahier.

Le soir, dès qu'ils entraient dans la forêt, Cliquetos reprenait sa place à côté de Charmille. Ils aimaient se regarder, marcher l'un près de l'autre, courir, jouer comme des amis. Main dans la main, ils retournaient dans leur maison de berger, devisaient sur les aventures marquantes de la journée.

Un jour, Benoît avait renversé son sac de billes en pleine classe ; le lendemain, la boulotte Lola, surprise en train de manger des bonbons cachés dans son pupitre, avait dû les partager avec toute la classe. Et Gisèle, avec ses drôles de questions, avait encore fait rire tout le monde. Un jour, Nabiba, la petite fille noire si jolie, avait apporté des fleurs à l'enseignante. Tous les élèves, les uns après les autres, étaient venus les respirer. Elles sentaient bon ! Ensuite, on avait fait une leçon sur les fleurs.

Arrivés à la borie, Charmille et Cliquetos ôtèrent les vêtements encombrants de la peau, excepté les chaussettes, et ils coururent se baigner à la rivière. Ils s'aspergèrent d'eau claire, jouèrent avec les cailloux, les grenouilles, et revinrent détendus, tout propres, tout neufs. Vraiment, l'eau, quelle merveille ! Elle lave dehors, c'est vrai, mais elle lave aussi le cœur…

Cliquetos alluma un feu de bois dans le foyer de la borie, avec quelques brindilles, une bûche, des herbes sèches. Assis devant le feu, à tour de rôle, ils récitèrent leurs leçons, se donnèrent des exercices pour être sûrs qu'ils avaient bien compris. Et lorsque la lune parut, blanche et cristalline dans ses foulards de nuit, nos deux complices s'endormirent l'un près de l'autre, heureux, la tête pleine de fleurs et de conjugaisons.

De nombreux jours s'écoulèrent ainsi, dans la paix et la joie de vivre, entre les amis de l'école et les retrouvailles le soir, à la petite maison de berger. Mais un jour...

14

La leçon de vie

Ce matin-là, Charmille entra sans bruit dans la cabane de berger. Elle venait juste de saluer le soleil et la nature, comme à son habitude. Cliquetos dormait à poings fermés. Elle s'accroupit près de lui, attendit un moment sans oser troubler son sommeil, puis glissa une main dans la sienne. Il ouvrit les yeux, le sourire radieux de sa peau l'accueillit.

— Bonjour, Charmille !, murmura-t-il encore endormi.

Elle lui répondit par un bisou sur la joue, et il claqua des dents si fort qu'elle éclata de rire. Ils coururent à la source faire un brin de toilette, revinrent enfiler les habits de la peau, vérifièrent que les chaussettes bleues épousaient bien ses pieds, et repartirent, légers, vers l'école.

— Ouvrez vos cahiers de vocabulaire, demanda mademoiselle Musèle, l'enseignante, du haut de son estrade. Nous allons aujourd'hui nous pencher sur le thème de la Vie.

Les enfants s'empressèrent d'obéir. Ils aimaient les leçons de vocabulaire parce que l'institutrice chaque fois leur racontait une histoire. Ils recevaient ensuite la définition des mots nouveaux, posaient des questions, réfléchissaient ensemble sur le sujet, puis écrivaient à leur tour une scénette où les mots appris devaient figurer. Charmille écoutait, passionnée ; Cliquetos, caché, ouvrait bien ses oreilles.

Mademoiselle Musèle commença sa lecture. Les enfants, bouche bée, retenaient leur souffle dans le suspense. L'institutrice mimait les situations, les personnages ; sa voix s'enflait ou murmurait, sa main dans l'air, caressait ou tranchait. Enfin, elle leur sourit, la classe se détendit et respira, tout finissait bien. Alors, par petits groupes, les élèves se concertèrent à voix basse, travaillèrent, discutèrent sur le texte. Des doigts se levèrent pour des questions et mademoiselle Musèle organisa un débat. Ainsi, peu à peu, la leçon sur la Vie s'anima.

L'heure se passa dans une atmosphère studieuse et agréable jusqu'au moment où Gisèle-la-questionneuse, comme l'avaient surnommée certains, leva la main et demanda :

— Mademoiselle, qu'est-ce que c'est, la mort ?

Au même instant, des hurlements fusèrent de toutes parts dans la classe. Des cahiers se mirent à voler, des stylos, des enfants criaient et se bousculaient, renversant leur table, piétinant les livres tombés sur le plancher. L'institutrice ne comprit rien à ce vacarme. C'est alors qu'elle aperçut, recroquevillé dans un coin de la pièce, un squelette. On lui jetait des crayons, des règles sur la tête. Il semblait terrorisé. La maîtresse manqua défaillir. *Un squelette !,* se dit-elle, *oh mon Dieu ! je rêve !*

Refusant de croire à cette absurde vision, elle prit son courage à deux mains, frappa trois grands coups de règle sur son bureau, et d'une voix autoritaire, exigea le silence.

— Que se passe-t-il ici ? Silence ! C'est incroyable, tout de même ! On vous laisse la parole deux minutes, et voilà ce que vous en faites ! C'est ainsi que vous pensez profiter d'une leçon sur la vie ?...

Les enfants se calmèrent, mais pointèrent un doigt accusateur vers le fond de la salle. Oh stupeur ! Plus de squelette ! On ne vit dans le coin que la tremblante Charmille, les larmes aux yeux, bouleversée. Les élèves n'en revenaient pas. Avant qu'ils aient pu lui poser une seule question, l'enseignante commanda :

— Ça suffit ! Que me montrez-vous là ? Ce n'est tout de même pas Charmille qui vous met dans cet état ? Retournez à vos places, relevez vos tables, remettez tout en ordre, et vite ! Je vous donne une minute !

Les enfants s'empressèrent de tout ranger. La classe retrouva bientôt son visage habituel. Seul témoin de la scène, un silence impressionnant qui régnait.

À la récréation, la nouvelle fit le tour de la cour en un éclair. Les écoliers se groupèrent autour de Charmille et la pressèrent de questions.

— Tu l'as bien vu, toi, cet affreux squelette ?, lui dit Benoît sans s'énerver.

— Il était au même endroit que toi, dans le coin !, lui cria un autre dans les oreilles.

— Ouais, c'est la vérité, renchérit un troisième. D'ailleurs, il était si horrible, moi je l'ai mitraillé avec mes crayons de couleur, comme aux fléchettes.

Charmille ne savait que dire pour se libérer. Elle finit par leur répondre qu'elle avait bien aperçu un squelette, qui ne lui avait pas semblé si laid que ça.

— Un squelette tout pâle, effrayé par vos hurlements, il était peut-être venu nous rendre visite et vous l'avez repoussé. Alors il s'est enfui à travers le mur comme les fantômes.

— Tu mens !, clamèrent les écoliers, ce n'était pas un fantôme ! Tu mens ! Tu le défends ! Pâle, pâle, évidemment qu'un squelette, c'est pâle puisque c'est blanc ! Ah ! ah ! ah !, qu'elle est bête !

— Ouaff !, pouffa un petit d'une autre classe, elle l'a même pas vu !

Et tous se mirent à rire, pressés de blesser cette petite fille aux joues roses qu'ils avaient aimée.

15

Un mot fatal

Ce soir-là, Charmille et Cliquetos étaient rentrés de l'école sans parler, tristes, la tête basse, traînant les pieds, sans se tenir par la main comme à leur habitude. Ils étaient allés à la source sans enthousiasme, s'étaient assis près du feu, le cœur rempli d'ombre, et la borie n'avait pas su les aider. Comme il n'est jamais bon de garder la peine au fond de soi, et que Charmille restait silencieuse à regarder le feu, Cliquetos parla le premier.

— Tu sais, Charmille, commença-t-il d'une voix blanche, je ne comprends pas.

La peau sentit son cœur se serrer. Le squelette avait les os ternes, sans éclat. Il regardait le feu lui aussi, tournant et retournant une brindille entre ses doigts. Il toussa un peu et poursuivit :

— Je ne peux pas m'expliquer pourquoi tu as disparu au milieu de la leçon, comme ça. Avais-tu une chose urgente à faire ? Une chose si importante que tu ne pouvais pas la remettre à plus tard ?

La pauvre Charmille se tordit les mains d'impuissance. Que pouvait-elle lui expliquer ? La vérité ? Que Gisèle en prononçant le mot « mort » avait déclenché le sortilège ? Que l'enseignante un peu plus tard lui avait rendu son apparence en disant le mot « vie » ? Elle disparaîtrait aussitôt et Cliquetos serait encore plus triste. Mentir à Cliquetos lui semblait aussi difficile.

— Je ne peux pas t'expliquer, murmura-t-elle, la tête inclinée.

— Non, Charmille. Certaines choses t'appartiennent et il est juste que tu ne m'en parles que si tu en as envie. Mais là, c'est différent.

— Je t'assure, c'est pareil, Cliquetos, c'est exactement pareil, dit Charmille au bord des larmes.

— Je ne te questionne pas pour te faire de la peine, Charmille, mais pour comprendre. Parce que quand j'étais tout seul dans le coin de la salle et que les élèves criaient, qu'ils me lançaient des choses sur la tête, je me suis dit : Charmille m'a abandonné, et je lui en veux.

Charmille se jeta à son cou :

— Oh non, Cliquetos, je ne t'ai pas abandonné ! Il fallait que je parte, c'est vrai. Je ne peux pas t'expliquer pourquoi, mais je ne t'ai pas abandonné. Bien sûr, je n'ai pas de preuve.

Charmille se rassit à sa place près du feu, l'air grave, les joues mouillées.

— C'est normal que tu aies ressenti ça, lui dit-elle après un moment de silence.

— Tu crois que ça peut recommencer ?

— Oui... ça peut recommencer.

Cliquetos se tut. Ils demeurèrent un instant sans parler, puis ensemble, ils chantèrent des chansons pour oublier. Lorsqu'ils se sentirent plus légers, plus gais, ils apprirent leur leçon sur la vie, et sortirent saluer les étoiles. Ils s'émerveillèrent de leur beauté et du grand silence de la nature. Enfin, calmés, apaisés, ils rentrèrent se coucher.

— Bonne nuit, Cliquetos.

— Bonne nuit, Charmille.

16

Le squelette abandonne

Pendant plusieurs semaines, le mystère du squelette fit l'objet de grandes discussions dans la cour de l'école provençale. Charmille fut écartée des missions « éclaireur » lancées par de petits groupes d'écoliers. Ils allaient fureter dans les couloirs et les coins obscurs du bâtiment à la recherche de ce terrible ennemi osseux dont on craignait tant la réapparition. On l'avait même surnommé « l'affreux pelé ». Mais tout événement sans suite finit par s'éteindre de lui-même. On décida donc que « l'affreux pelé » n'était en somme qu'un « affreux trouillard » et il n'en fut plus question parmi les élèves.

Les consciences se calmèrent et les enfants reprirent le cours habituel de leur existence. Charmille, par sa gentillesse, sa douceur et les bons conseils de son Cliquetos intérieur, reconquit peu à peu les cœurs qui s'étaient si soudainement écartés d'elle. Les enfants jouaient à nouveau tous ensemble. Le soir, à la borie, Charmille et Cliquetos inventaient de nouveaux jeux. Charmille, le lendemain, les présentait à ses camarades.

Cependant, Gisèle, la fillette dans la lune qui posait toujours des questions déplacées, n'avait jamais reçu la réponse à sa fameuse question sur la mort. Un jour, elle leva donc le doigt et demanda :

— Mademoiselle, qu'est-ce que c'est, la mort ?

Aussitôt Charmille disparut, le squelette se retrouva nu, les cris et la panique ravagèrent une fois de plus la classe de mademoiselle Musèle. Elle-même crut devenir folle.

Cliquetos, là, ne se laissa pas agresser par les cahiers, les cris et les projectiles de toute sorte. Il s'enfuit dans le passage. La femme de ménage qui frottait le plancher avec ardeur, se mit à hurler en voyant un squelette passer à toute allure sous ses yeux. Elle jeta balais, seau, brosse, serpillière et prit ses jambes à son cou. Le squelette se réfugia dans une salle de cours vide où il reprit son souffle. Une énorme colère sourdait en lui contre Charmille.

À ce moment-là, des pas précipités se firent entendre. Cliquetos n'eut que le temps de refermer en vitesse la porte et courut se mettre à l'abri dans le cagibi de la salle de cours. C'est là qu'on rangeait les accessoires de sciences naturelles. Les pas se rapprochèrent, la porte s'ouvrit et des voix qui parlaient toutes en même temps semblèrent emplir la pièce. Puis la porte claqua et les pas diminuèrent. *Ouf !*, pensa notre ami. *Pour l'instant, sauvé. Maintenant il faut sortir de l'école sans se montrer.* Il poussa un cri étouffé. Derrière lui, dans le débarras, un squelette l'observait. Cliquetos vint vers lui, le regarda un moment, mais on n'y voyait guère dans ce réduit. Il lui serra la main.

— Salut, mon vieux, ça va ?

Il retira aussitôt sa main et la secoua comme s'il s'était brûlé.

— Mais tu es en plastique !, s'écria-t-il. Oh ! je comprends. Nous sommes dans la classe de sciences naturelles. Et voilà le squelette en plastique que l'enseignante montre aux enfants pour leur apprendre le nom des os. Ça alors, c'est rigolo !

Notre ami se mit à claquer des dents joyeusement. Il en avait presque oublié sa colère lorsque des pas se firent entendre. La porte de la salle s'ouvrit et la classe de madame Durcis entra dans le plus grand silence. Cette maîtresse était réputée pour sa sévérité. Elle ne supportait pas un bruit.

— Oh là là là là ! murmura le squelette.

La voix de la maîtresse s'éleva, tranchante :

— Aujourd'hui, leçon d'anatomie. Jérôme, va chercher Oscar dans le cagibi.

Cliquetos se colla contre le mur. La porte du cagibi s'ouvrit. Une main tâtonna dans le noir. Cliquetos se serra de toutes ses forces contre le mur, comme s'il voulait s'y incruster. Pourtant ses efforts n'empêchèrent pas la main du garçon de se tromper de squelette. Cliquetos fut saisi par le cou sans ménagement, puis exposé sur l'estrade aux yeux d'une vingtaine d'écoliers.

— Ça y est, se dit notre ami avec angoisse, ils vont se jeter sur moi. Oh là là ! S'ils remarquent la supercherie, c'en est fait de moi ! Ah ! mon pauvre Oscar, qu'allons-nous devenir ?

Mais entre un squelette et un autre, à moins d'en côtoyer tous les jours, on ne fait pas grande différence. Aussi la maîtresse ne s'aperçut-elle de rien, ni les

élèves, au grand soulagement de Cliquetos. Seul Oscar dans son local, se deman-
dait peut-être ce qu'on lui reprochait
aujourd'hui pour le laisser au placard.

Cependant, à chaque instant, la maîtresse frôlait avec sa règle les os du squelette pour en donner le nom aux enfants. Or il craignait fort les chatouilles. Il dut faire de terribles efforts pour se contenir et faillit bien dix fois éclater de rire.

— Voici le radius, déclamait solennellement madame Durcis, et voici le cubitus. Jérôme, comment s'appelle cet os ?

— L'humérus, madame, répondit Jérôme.

— Et celui-ci, Carole, au lieu de loucher sur le cahier de ta voisine ?

La pauvre Carole prenait toujours du retard quand il s'agissait de copier les leçons. Elle eut beau regarder de tous ses yeux l'os vers lequel la maîtresse pointait une règle impatiente, elle eut beau mettre un « us » à la fin de tous les mots qui lui passaient par la tête, jamais ils ne ressemblaient à des noms d'os.

— Alors, Carole, cet os, là, celui-là, siffla l'enseignante en secouant le bras du malheureux squelette, comment s'appelle-t-il ? Dépêche-toi !

Plus l'institutrice se mettait en colère, et moins Carole trouvait la réponse. Elle finit par murmurer à tout hasard :

— Le *bratitus*, madame.

Cette fois, Cliquetos crut sa fin prochaine, l'enseignante le brandissait, le secouait, le remuait dans tous les sens en épelant à la fillette le nom de ses os. Tout à coup, s'interrompant au milieu de son geste, la maîtresse recula de trois pas. L'œil féroce, la narine frémissante, elle se rapprocha lentement du squelette, s'arrêta et le regarda sous le nez. Cliquetos fut à deux doigts de s'évanouir.

— Qu'est-ce donc que ce squelette qui tient debout tout seul ? demanda-t-elle. Où est son support à roulettes ? Jérôme pourquoi as-tu détaché Oscar de son support ?

Cliquetos se sentit défaillir. Quant à Jérôme qui avait empoigné le premier squelette venu, sans soupçonner une minute qu'il pût en exister un second, n'en menait pas large non plus. Il se réfugia sous son air le plus désespéré, ce qui ne fit qu'accroître l'exaspération de l'enseignante.

— Jérôme, veux-tu répondre !

— Mais, Madame, risqua-t-il...

— Pas de mais !, coupa madame Durcis, furieuse, de quel droit te permets-tu de détacher Oscar de son support ? Je ne tolère pas d'indiscipline dans mes classes, tu entends ? Tu me copieras cent fois...

Un coup frappé à la porte interrompit la maîtresse dans sa sentence. Jérôme et Cliquetos réprimèrent un gros soupir de soulagement.

— Qu'y a-t-il encore ?, demanda madame Durcis, agacée.

La porte s'ouvrit, livrant passage à un surveillant blême. Il semblait plutôt mal à son aise. Il s'avança d'un pas incertain, évitant — ça, Cliquetos aurait pu le jurer —, de regarder le squelette. Le surveillant serra la main sèche de l'institutrice.

— Pardon, madame, dit-il, nous recherchons un squelette qui s'est échappé. Peut-être celui-ci...

— Échappé ! Un squelette ? Non mais vous êtes sûr que tout va bien, monsieur... comment déjà...Vurten ? Furten ?, demanda madame Durcis en penchant sur lui un air condescendant.

Elle se redressa soudain de toute sa grandeur et s'écria :

— Qu'ont-ils tous aujourd'hui contre ce vieil Oscar ? L'un le détache de son support, l'autre prétend qu'il s'est échappé... Non ! Ce squelette est dans notre établissement depuis deux ans, et je compte qu'il y restera encore longtemps. Nous avons eu assez de mal à convaincre la mairie de nous le procurer ! Est-ce clair, monsieur ?

Le surveillant hocha la tête d'un air hébété et quitta la pièce aussi vite que possible. Madame Durcis soupira, s'assit à son bureau, sans mot dire. Cliquetos, à force de rester immobile et tendu comme il l'était, commençait à ressentir de sérieuses crampes dans les jambes.

— Jérôme, dit la maîtresse d'un air épuisé, range-moi Oscar dans le cagibi, et qu'on n'en parle plus pour aujourd'hui.

Jérôme se leva, l'enseignante le regarda saisir Cliquetos par le cou.

— Doucement, dit-elle, tu vas le casser.

Jérôme prit donc le squelette dans ses bras. Madame Durcis se passa une main éplorée sur le front, murmurant :

— C'est bien la première fois de ma vie que...

Un cri l'empêcha d'aller plus loin. C'était Jérôme. Il s'approchait du cagibi lorsqu'une adorable fillette aux joues roses s'est retrouvée dans ses bras, à la place du squelette. Ce fut l'étonnement général. Puis une avalanche de rires s'éleva devant la stupeur et la gaucherie de Jérôme. L'impertinence de ses élèves laissait l'enseignante sans voix, immobile, stupéfaite.

— Ne fais pas cette tête-là, Jérôme, lui souffla un camarade, on dirait un mort-vivant.

Les rires reprirent, mais cessèrent aussitôt. Plus aucune trace de la petite fille. Jérôme tenait cette fois le squelette dans ses bras. L'inquiétude se peignit sur tous les visages. Jérôme courut au cagibi, lança le squelette à l'intérieur, referma la porte, se jeta à sa place, tremblant comme une feuille. Madame Durcis renvoya ses élèves à l'étude, prétextant une migraine, puis quitta elle-même la salle après s'être maintes fois tamponné le front de son mouchoir.

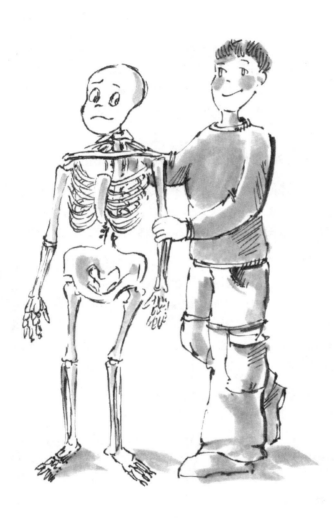

Dans son cagibi, Cliquetos était furieux.

— C'en est trop ! Charmille se moque de moi, elle me ridiculise devant toute la classe, elle choisit le plus mauvais moment pour revenir, et s'éclipse de nouveau pour me faire honte.

Le squelette était hors de lui.

— Ne cherche jamais une peau, mon pauvre Oscar, dit-il à son homonyme en plastique, tu ne trouveras que des soucis.

Il sortit du cagibi en claquant la porte, traversa la salle, le couloir, le hall d'entrée sans se soucier des éventuelles rencontres, et se retrouva dehors. Il descendit vers la forêt, marchant vite, le pas scandé par une grande colère.

— Elle se joue de moi, maugréait-il, elle n'a aucun respect, c'est fini, je ne veux plus jamais la revoir. C'est une très mauvaise peau. J'ai été bien sot de la croire dès qu'elle versait une larme. Bien sûr, elle est comme les crocodiles. De fausses larmes, trompeuses, et après, elle nous joue de vilains tours. Ah vraiment !, on peut dire que j'ai été bien bête de la croire. Ma seule amie, soi-disant. Eh bien ! maintenant, fini les amis. Je rentre dans mon cimetière. J'en ai assez, assez, ASSEZ ! ! !

17

Une aide précieuse

Plus le squelette avançait dans la forêt, plus sa colère diminuait. Malgré ce qu'il pouvait dire, il aimait Charmille, et tout ici lui rappelait sa présence, son sourire. Il arriva enfin devant la cabane de berger. Il s'assit sur la marche, devant la porte, et murmura :

— Oh ! Monsieur Potiron, si tu pouvais venir me chercher pour m'emmener dans mon cimetière. Je veux partir loin d'ici.

Le soir tomba, Cliquetos s'assoupit contre le mur, vaincu par sa tristesse et les émotions de la journée. Les chèvrefeuilles parfumaient l'atmosphère, quelques oiseaux de nuit, grisés, tournoyaient au-dessus des pins. Une chouette, quelque part, hulula un long poème à trois temps. Le squelette se réveilla. Il appela Charmille, personne ne lui répondit. Pourquoi est-elle partie sans rien dire, où est-elle maintenant ? Il chercha sa peau dans la forêt, à la source, sur le chemin de l'école, dans les champs. Nulle part il ne la trouva. Alors il ramassa quelques affaires éparses dans la borie, tira la porte derrière lui, et s'en alla à travers bois, dans la nuit noire. La lune et les étoiles ne se montraient pas.

Le squelette marchait depuis longtemps, au hasard, entre les pins, lorsqu'une voix bien connue l'appela par son nom. Il se retourna. Dans la pénombre, il distingua le taxi et sa charrette.

— Oh ! Monsieur Potiron, que je suis content de te voir, s'écria Cliquetos en claquant des dents.

Le bonhomme citrouille le réchauffa de son beau sourire bienveillant.

— Tu m'as appelé, je me suis dépêché de venir, mais tu étais déjà parti. Ça ne va pas ?

— Oh ! si si, enfin, ça pourrait aller mieux, répondit le squelette d'une voix morne. Tu veux bien me reconduire chez moi, dans mon cimetière, s'il te plaît ?

— Je t'emmène où tu veux. Allez, grimpe.

Cliquetos ne se le fit pas dire deux fois. La présence du charretier lui procurait un immense réconfort. Pendant le trajet, monsieur Potiron lui raconta des histoires amusantes pour lui changer les idées. Cliquetos souriait un instant, puis retombait dans son désarroi.

— Voilà, lui dit le taxi à la fin du trajet, nous sommes arrivés. Le jour se lèvera bientôt.

— Merci, Monsieur Potiron, tu es un ami véritable, dit le squelette avec un grand sourire de reconnaissance.

— Je suis heureux d'entendre ça, Cliquetos, lui dit le bonhomme rondelet en riant. Si un jour tu veux sortir, n'oublie pas de faire appel à moi.

— Oh oui ! Monsieur Potiron, merci beaucoup. Je t'appellerai, ça, c'est sûr. Ce qui est moins sûr, dit-il en baissant la tête, c'est que je ressorte un jour.

— Allons, allons, Cliquetos, ne sois pas sombre. Ne renie pas tout en bloc à la moindre contrariété. Tu as vécu quelques belles heures chez les Hommes, non ?

— Oh oui !, s'écria Cliquetos en claquant des dents, et de très belles même ! Elles resteront pour toujours en moi, comme des pierres précieuses.

— Ah, tu vois bien !, sourit le taxi engageant. Désormais, quand tu repenseras à ce monde, laisse de côté les moments chagrins, et souviens-toi de tes pierres précieuses, de toutes les merveilles que tu as vécues. Elles ensoleilleront ton cœur.

Le squelette promit d'essayer. Il salua monsieur Potiron et passa de l'autre côté de la grille. On entendait le doux bruit de ses os dans les premières lueurs de l'aube : clic clic cliquetis, clic clic cliquetis. Le Taxi connaissait le sortilège. Il savait que si Charmille n'était pas là, c'est que personne n'avait prononcé le mot « vie » devant elle. Il savait aussi que Cliquetos devait déjà se trouver dans son cimetière pour que la peau réapparaisse, non pas sur lui, mais à l'extérieur du cimetière. Le charretier jugea cela préférable. Il attendit donc que le portail de fer forgé se soit refermé sur lui pour lancer à travers la grille :

— Cliquetos, quand ça ne va pas, regarde le soleil. C'est la meilleure eau-de-vie.

Le squelette s'arrêta, sourit, et poursuivit son chemin sans se retourner. Il avançait lentement, jouant du talon dans les petits cailloux blancs, reconnaissant chaque pin, chaque tombe, chaque pot de fleurs, chaque brin de lavande. Le sourire peu à peu renaissait en lui. Une légère pression sur son épaule lui fit soudain tourner la tête.

— Va-t'en !, s'écria-t-il en apercevant Charmille. Je ne veux plus te revoir, jamais. Va-t'en !

La jolie peau ouvrit des mains implorantes :

— Partir ?, murmura-t-elle, mais pour aller où ? Les hommes ont déjà tous leur peau, personne n'a besoin de moi... sauf toi. J'ai été faite pour toi, alors si tu me rejettes, que vais-je devenir ? Et puis, s'il m'arrive de disparaître, ça ne fait rien, puisqu'on ne voit rien dans ta tombe.

Le squelette sentit son cœur s'attendrir, mais il la repoussa pourtant :

— Non, je ne te crois plus, va-t'en !

Charmille garda le silence un instant, puis s'enfuit en courant. La porte du cimetière se referma sur elle avec un bruit sec.

Cliquetos se laissa tomber assis sur une tombe, la tête entre les mains. Derrière le portail, Charmille en pleurs disait au bonhomme citrouille :

— Je vais aller revoir Cliquetos, je lui dirai toute la vérité, tant pis si le Sorcier me détruit. Tant pis si je meurs ! Au moins, il saura que je ne m'étais jamais moquée de lui, que je n'étais pas une ingrate. Laisse-moi passer, Monsieur Potiron. Laisse-moi !

— Il saura cela et tu lui auras brisé le cœur, répliqua le taxi, un rien sévère. Reste ici un instant. Je saurai quoi lui dire sans dévoiler ta peine ni ton secret.

Dans le cimetière, Cliquetos pleurait des larmes de squelette. Il raconta son chagrin à son ami qui lui dit :

— Je t'avais bien recommandé de te méfier du Sorcier de Venise. L'as-tu regardé dans les yeux ?

— Non, répondit le squelette, d'ailleurs je ne l'ai même pas vu.

— Bon, alors peut-être as-tu accepté un objet de lui ?

— Un objet ?

Cliquetos réfléchit puis murmura :

— Oui, les chaussettes.

Monsieur Potiron lui sourit en hochant la tête.

— Mais c'était pour sauver ma peau d'une terrible maladie, s'écria le squelette.

Le taxi garda le silence. Le squelette prit sa tête entre ses mains, comme toujours lorsqu'il s'efforçait de résoudre un problème difficile. Au bout d'un instant, il releva la tête, son regard était grave, sa voix altérée.

— Tu veux dire qu'il m'a trompé ?

Le charretier ne répondit pas. Le squelette ouvrit soudain de grands yeux et s'écria :

— Ce sorcier m'a trompé, n'est-ce pas, Monsieur Potiron ? Ces chaussettes n'étaient pas un remède contre une maladie. Elles contenaient un sortilège !...

Le squelette, atterré, se rassit sur une pierre.

— C'était donc ça, les silences de Charmille. Elle ne pouvait pas parler. Et moi qui la pressais de questions ! Je n'ai même pas eu confiance en elle jusqu'au bout. Je l'ai chassée sans savoir.

— Le soleil va bientôt se lever, Cliquetos, rappela monsieur Potiron.

Le squelette regarda son ami sans comprendre.

— Le soleil ?, fit-il, et alors, quoi le soleil ?

Monsieur Potiron resta à nouveau silencieux et enfin, Cliquetos sauta sur ses pieds :

— LE SOLEIL !, hurla-t-il, oui, le soleil !

Cliquetos fonça vers la porte du cimetière :

— Charmille ! Charmille ! Vite ! Le soleil va se lever !

Charmille courut à la rencontre du squelette. Il la prit dans ses bras, courut la déposer sur une pierre blanche. Au moment où le premier rayon du soleil fusait à l'horizon, Cliquetos retirait à Charmille ses deux chaussettes ensorcelées. Le Potiron s'approcha, son bon sourire rayonnant autour de lui. Les deux amis le regardèrent avec reconnaissance.

— Le sorcier avait dit : Elle doit garder les chaussettes surtout entre l'aube et le premier rayon du soleil. Donc c'était le contraire. Merci, Monsieur Potiron, merci infiniment !

Le taxi éclata de rire et serra fort la main du squelette.

— C'était à toi seul de trouver la réponse, Cliquetos. À présent, finis les cauchemars et les larmes, mes enfants ! Le sorcier ne vous ennuiera plus. Allez, venez, je vous emmène en voyage. Si Charmille reste dans ta tombe, elle perdra ses belles joues roses. Ce serait dommage.

— Oh oui, alors !, s'écria Cliquetos en riant à belles dents.

Il embrassa Charmille sur les deux joues, puis il claqua très fort des dents. Ses os brillaient comme des feux d'artifice.

— Allez, Charmille, dit-il en riant, viens. Plus question de se séparer maintenant, et tu verras à la rentrée, on va leur montrer de quoi on est capable.

Charmille rit de bon cœur et couvrit le squelette.

— Où nous emmènes-tu, Monsieur Potiron ?, demandèrent-ils d'une seule voix.

— Surprise !

Charmille et Cliquetos réunis grimpèrent dans la charrette du bonhomme

Potiron et le joyeux convoi s'éloigna en chantant, dans les bras lumineux du soleil levant.

Table des titres

Première partie

Deuxième partie